KB210144

먼 여로

먼 여로

이태수 시집

문학세계사

세월은 그야말로 흐르는 물 같다.
애써도 여전히 앞이 잘 보이지 않는다.

등단 50주년을 맞아 스물한 번째 시집을 낸다.
일흔일곱 나이와 같은 수의 신작을 묶어 본다.

뒤돌아보면 구부러진 길을 걸어왔지만
마음 가는 데까지는 가보려 한다.

2024년 봄
이 태 수

□ 차례

I

Ⅱ

III

IV

I

홍방울새를 기다리며

홍방울새들이 언제 돌아오려나
구름이 흘러가는 먼 하늘,
마음은 구름 따라 흐르고
나뭇잎들이 우수수 지고 있다

창가에 앉아 비발디의 플루트 협주곡
'홍방울새'를 듣고 있으면
무리 지어 파도처럼 날아오는 홍방울새들이
간밤 꿈속이듯 날고 있다
날아들면서 일제히 D장조로 지저귄다

한곳에 머물지 못하고 떠도는 마음은
흐르는 강물 같아서일까
멀리 떠났다가 눈 내릴 무렵에야 되돌아오는
홍방울새 떼를 기다리는
마음의 빈 뜨락에도 첫눈이 내리려나

예이츠의 홍방울새들 날갯짓도
다가오듯 보이지 않지만
창가에 우두커니 앉아서
돌아올 홍방울새들을 기다린다

꿈속의 홍방울새

첫눈 내린 며칠 뒤 홍방울새를 만났어요
파도 모양으로 떼 지어 날아온 무리 가운데
한 쌍만 기다림에 화답하듯이 잠깐
자작나무 가지에 앉아 지저귀더군요

둘 다 이마의 붉은 반점을 이고서는
가슴이 분홍빛인 새가 갈색 새에게
뭔가 연신 애원하듯이 어필하는 것 같았어요
아마도 수컷의 구애 모습이었을 것입니다

하지만 눈을 뜨고 나니 꿈이었어요
하도 기다리던 겨울 철새라 겨울이 오니
한 번 본 적이 있는 새를 그리라도
도록에서 보듯이 만났는지도 모르겠어요
예이츠와 비발디가 불러 준 환상이
이다지도 홍방울새를 기다리게 하는지요
이 겨울엔 꼭 만나보고 싶어집니다

윤슬에 붙들리다

강가에 앉아 흐르는 강물을 바라본다
물 위에 뜬 구름이 흘러가고
한동안 어슬렁거리던 왜가리도 날아간다
내가 앉아 있는 동안
멈추어서 있는 것들이 있었을까
알게 모르게 바람이 지나가고
나무와 풀들은 서서도 움직인다
내가 앉아 쉬는 동안
머릿속의 생각들도 꼬리에 꼬리를 물 듯
오다가 가고 가다가는 온다
제자리걸음만 하는 윤슬에 붙들린 채

어떤 풍경

낯선 풍경이 안 잊히는 꿈속 풍경처럼
낯익은 듯 포근하게 안겨 온다

난생처음 들른 산발치의 외딴 마을
어둠살에 묻히듯 고즈넉한 초저녁 한때
집집마다 켜진 불빛들이 꿈결 같다

너무 따스해 보여 어느 집에나
깃들이고 싶어지도록 발길을 잡아끈다

이 순간을 눌러 앉힌 채
오래 그러안고 싶어진다

꿈속에서는 이따금 옛날로 되돌아가서
잃어버린 날들을 되찾곤 했다

꿈을 깨고 나면 사라져 버리고 마는

옛날이 또다시 돌아올 리 만무하겠지만
꿈속의 그 옛 마을은 잊히지 않는다

난생처음 들른 이 낯선 마을이
잃어버린 꿈속 마을같이 마음 붙든다

홍가시나무 산울타리

지난가을 붉게 단풍 들었던 홍가시나무들이
새봄에 붉은 새잎들을 내밀고 있습니다

외딴집의 이 산울타리를 바라보며
일편단심一片丹心의 뜻을 새삼 새겨봅니다
처음과 같이 마지막도
마지막과 같이 처음도
변함없는 한 조각 붉은 마음 같아 보이죠
어떤 분이 이 집의 주인일는지요

오래 기다려도 주인은 보이지 않습니다
홍가시나무 울타리 잎들만 유난히 붉습니다

꽁지 마을

꽁지 마을에 자주 발길이 머물곤 합니다
이 작은 마을이 왜 마음 끄는지
와서 남모르게 기웃거리게 되는지

나뭇가지에 앉아 쉬는 황조롱이 꽁무니
깃을 바라보다 문득 생각이 납니다
몽매에도 그리운 옛날 고향 마을을
황조롱이의 꽁지가 불러주는 것 같아요

고향 마을도 꽁지 마을도 모양새가
기다란 깃처럼 생겨 그런 걸까요
나는 언제 어디서나 본향을 기리나 봐요

꽁지 마을, 새봄

꽁지 마을에 새봄이 잰걸음으로 옵니다
겨우내 움츠렸다가 아지랑이와 함께
설레던 매화가 앞장서서 봄맞이를 합니다

목련꽃과 벚꽃들도 서두르듯 뒤따라
화사한 새 얼굴을 내밉니다
가까운 산에서 나들이 온 멧새들이
노래의 비단 자락을 깔아주기 때문인지요
낮은 담장 밖에는 배꽃과 복숭아꽃,
살구꽃, 앵두꽃들이 줄지어
기다리던 절정의 한때로 달려갑니다

꽁지 마을은 날개를 달기라도 한 것일까요
가라앉아 있던 골목길이 술렁거리고
따스한 햇살이 온마을을 감싸안습니다

꽁지 마을, 여름 점경

매미 울음소리 쨍한 당나무 그늘 아래
마을 노인들이 둘러앉아 더위를 식힙니다
잘 익은 수박과 참외를 나눠 먹으면서
해외와 서울에서 사는 아들 자랑, 딸 자랑
자식들 생각하면 마음이 넉넉해지는지
서로가 나누고 베푸는 모습이 정겹습니다
이미 오래전부터 노인들이 대부분이며
홀몸 가정이 점점 늘어나는 마을이긴 해도
홀로라도 더불어 사는 공동체 같습니다
모처럼 아기 울음소리 들리는 이 마을에는
베트남 며느리가 마을 사랑 독차지하고
자주자주 수박, 참외 세례를 받곤 합니다
꽁지 마을에는 꽁지깃 유난히 긴 새가
여름철엔 가끔 당나무에 날아와 지저귀며
은총과 축복을 내리기도 하는가 봅니다

꽁지 마을, 단풍나무

청단풍나무와 홍단풍나무가 나란히 서서
색깔이 다른 잎사귀들을 흔듭니다
키가 조금 더 큰 청단풍나무가
누이를 바라보듯 홍단풍나무의
붉은 잎사귀들에 눈길을 보냅니다
먼저 다 져버릴까 걱정이 되는 것일까요

지붕 낮은 집의 섬돌에 나란히 놓여 있는
두 켤레 신발도 색깔이 다릅니다
푸른 색깔은 오빠의 신발이고
붉은 색깔은 누이의 신발인지
크기만 봐도 알아볼 수 있습니다
오빠가 누이를 보살피고 있는 거겠지요

때마침 어린 오누이가 마루로 나옵니다
초췌해진 누이를 부축하는 오빠는
수심 가득한 표정의 얼굴인데

누이는 외려 담담해 보입니다

귀가할 부모를 기다리는 것이겠죠

두 단풍나무는 이 광경을 내려다봅니다

꽁지 마을, 낮술

늦은 오후 꽁지 마을에서 빨려들 듯이
주막에 들어서자 노신사가 반색하더군요
낯선 사람이라 어리둥절할 수밖에 없었지요

만나고 싶었는데 반갑다며 손을 내밀더군요
권하는 술을 받아 마시자 내 오래된 시
「낮술」 몇 구절 더듬어 읊더라구요

이런 일도 있구나 싶어 계면쩍어하자
예같이 요즘도 낮술을 즐기는지 묻더군요
방황하던 내 모습을 잘 알고 있었던가 봐요

(그는 한때 시문학도였으며 출세한 사업가)

나이가 들면서는 예전 같지 않다고 했더니
그 짙은 방황이 지금 나를 있게 해줬다고
추키면서 자신을 돌아보는 듯하더군요

"나를 키운 건 팔 할이 바람이다"라는
미당의 시 「자화상」도 인용하며 자기는
현실주의자라서 시와 멀어졌다고 하더군요

그는 윤택하게 살기는 하지만 마음 한켠엔
늘 정신적인 목마름이 고개를 든다면서
술잔을 기울이고 권하기도 하더군요

꽁지 마을, 남천南天

꽁지 마을의 야트막한 집, 남천 울타리
붉은 열매들이 더욱 붉어져요
크리스마스를 며칠 앞두고
촘촘한 잎사귀들도 열매들을 받들면서
보조를 맞추듯이 붉어져요
울타리가 저리 붉어지는 것은
저 집을 따뜻하게 감싸는 메시지일까요

오르간 반주와 함께 나지막이 들려오는
성가 중창과 간간이 곁들이는
기도 소리, 마음 붙잡아요
남천은 어려움을 축복으로 바뀌게 하고
재액도 내친다고 하더군요
남천 울타리가 저 집 내력을
말해주는 듯하다는 생각이 들기도 해요

꽁지 마을, 솟대

솟대 꼭대기의 새들이 난다
사시사철 한자리에서 앉아서 난다
마을을 지키기 위해 날지 않으면서 난다

사람들과 하늘을 이어주려고
마을에 하늘을 불러주고 심어주려고
나무 새들이 안 날면서 난다

한결같이 마을 어귀에 버티어 선 솟대는
장승들과 더불어 하늘을 받들면서
마을 사람들을 받들고 있다

꽁지 마을, 첫눈

꽁지 마을에 첫눈이 내린다
야트막한 지붕들이 어깨 겯듯 다정히
눈송이를 맞아들이고 있다

잎들 진 감나무에는 까치밥 두어 개,
까치들은 보이지 않고
몇 마리 참새가 감나무에 모여 앉아
어둠살을 쪼아대는 중일까
골목길에는 한 사람도 보이지 않는데
집마다 따스한 불이 켜진다

낮은 굴뚝들이 피워 올리는
저녁연기 너머로 따스하고 포근하게
번지는 무반주 첼로 선율,
귀를 기울이고 있으면 나도 모르게
꿈속에 드는 것 같다
아득한 옛날에 꿈꾸던 동화의 나라,

꽁지 마을에 내리는 눈은
그 먼 나라에서 내려오는 요정 같다
첼로 선율에 포갠 복음 같다

소요유逍遙遊

갈 곳이 떠오르지 않는 날 늦은 오후에는
마을 언저리를 몇 바퀴 돕니다
해가 서산마루를 넘으면 주막을 찾곤 합니다

요즘은 슬며시 아무 주막에나 들러
홀로 마시는 술에 취하기도 합니다
취기가 오르면 그리운 얼굴들이 어룽거립니다
보고 싶어도 다시는 만날 수 없어
더욱더 그리운 사람들도 있습니다
가는 세월을 어찌 붙잡아 앉힐 수 있겠습니까
만나면 헤어지고 와서는 가야 하는
이 순리를 지그시 그러안아 봅니다

오고 싶어서 온 것도 아닌 이 풍진세상에서는
장자* 말대로 소풍 와서 그런지
마을 언저리라도 또 몇 바퀴 돌게 됩니다

* 중국 전국시대의 송나라 철학자

미로迷路

안 보이는 걸 보려고
안 들리는 걸 들으려고 길을 나서도
여전히 오리무중이다

안 들리고 안 보이지만
보이거나 들리는 것들보다
마음을 잡아끄는 미지의 세계는
비의와 침묵 속에 머물 뿐
안달할수록 아득해진다

아득할수록 간절하게
안 들리고 안 보이는 것들을 더듬어
미로 같은 길에 든다

낙엽

붉은 단풍잎이 우수수 떨어진다
나뭇가지를 붙들고 있던 손을 놓으며
붉은 마음만 붙잡고 진다
온 길들도 오롯이 그러안고 간다

잎새에게 나무는 키우고 머물게 했으나
때가 되면 떠나야 하는 집,
올 때와 같이 갈 때도 문을 열어주지만
가야 할 길로 가는 낙엽은
한참이나 나무 아래서 서성거리고 있다

세상은 나무, 인생은 나뭇잎 같아
때가 되면 떠나가야 하는
우리는 어디서 와서 가는지도 모른다
지는 낙엽같이 마음만 붉어진다

외딴 마을 황혼

젊은이들이 떠나고 없는 외딴 마을
아기 울음소리가 사라진 지 오래다

황혼 무렵, 서산 너머로 낮달도 스러지고
노인들이 느리게 골목길을 돌아든다

담장에 기대어선 감나무들이 서둘러
등불을 켜 들고
그 발치에는 샐비어꽃이 한창이지만

노파가 미는 빈 유모차가 말해주듯
외딴 마을의 황혼 풍경은 적막 그 자체다

유난히도 따스해 보이는 저 불빛은
자식 편지를 읽기 때문인지 모른다

빈 의자

빈 의자 하나 비에 젖고 있다
빈집 닫힌 대문 옆자리의 배롱나무가
빈 몸으로 우두커니 내려다보고 있다
홀몸 노인이 세상 떠난 지 벌써 달포째,
누가 저 의자를 대문 밖에다 옮겨 놓았을까

이 집 앞을 지날 때 종종 배롱나무 아래서
누군가를 기다리던 홀몸 노인을 이제는
빈 의자가 빗속에서 기다리는 것일까
언제까지 저 의자도 배롱나무 아래서
주인을 기다리다 사라질는지

먼 그대

상사화가 피어날 때는 꽃무릇이 떠오르고
꽃무릇을 바라보면 상사화 생각이 난다

헤어진 뒤 만날 수 없는 그대가 꽃이고
그대를 그리워하는 내가 잎인지
내가 꽃이고 그대가 잎인지도 생각해 본다

꽃이 지고 나서 잎이 돋아나고
잎이 져야만 꽃이 피는 운명이
우리 사이와 다른 게 무엇일까

지난여름에는 상사화 보면서 가슴 아팠고
이 가을에는 꽃무릇을 바라보며
그대 생각에 남모르게 애간장 태운다

상사화 피면 그대는 꽃을 그리워하고
꽃무릇 지면서야 나도 잎으로 돌아날까

II

산길

산을 오르다 쳐다보면 산길이

하늘로 올라간다

떠가는 구름을 떠밀며 간다

계곡을 굽이 돌아 산꼭대기에 오르자

길이 발길을 거두어 버린다

돌아서 바라보면

산길이 우리 마을로 내려간다

암자 풍경風磬

늦여름 오후, 더위가 한물간 솔숲 그늘

멧새들이 무슨 전갈 가져오는지

하나둘 날아들며 지저귄다

솔향에 번지는 멧새들 소리에는

인근 암자 풍경 소리가 포개져 들린다

멧새들이 업어 나르기 때문인지

그 소리에 귀를 열게 한다

이끌려왔는지 이내 암자 앞이다

풍경 소리 속으로 느릿느릿 걸어 든다

풍경風聲 물고기

풍경이 울리고 풍경 추 아래의
물고기가 그 소리 따라 유영합니다

풍경 소리는 먼 옥빛 하늘 아래
넘실거리는 망망대해를 흔들어 깨우고
깨어 있는 물고기에게는
길을 열어주고 있습니다
절집의 처마는 바다의 한가운데이면서
세상 깨우는 요람입니다
깨어서도 잠을 자면서도
눈 뜨는 물고기는 깨우침의 화신인 듯
죽으면서도 눈을 감지 않습니다

풍경 소리에 물고기가 유영합니다
물고기는 깨침의 길을 엽니다

나무 물고기

나무 물고기는 절집에 삽니다
바다가 아니라 허공에 매달려 삽니다
나무 물고기에게는 허공이 바다입니다

허공처럼 텅 빈 뱃속을
나무막대로 두들겨 맞으며 나아갑니다
맞아야 내는 그 소리가
퍼져나가면서 무명을 흔들어 깨웁니다
한결같이 눈을 뜬 채로

언제나 깨어 있으라고 나무 물고기는
세상을 배 울림으로 일깨워 줍니다
허공을 환히 밝히고 있습니다

어떤 나툼

산길에서 만난 돌탑이 제모습을 나툰다
많은 사람의 간절한 염원이 쟁여진
돌탑의 돌들이 그 염원들을 나툰다

누구인지 알 수 없으나 이 길을 앞서간
사람들의 여러 가지 무늬와 빛깔의
염원이 나의 염원과 포개진 것일까
돌탑이 내 염원도 함께 나투는 것 같다

깊은 산골짜기에 고즈넉하게 앉아 있는
암자에서 번지어 흐르는 목탁 소리
불공드리는 염불 소리에 귀를 열면
보이지 않던 길도 은밀하게 나투어진다

까마득하게 멀어 보이던 그 무엇
목마르게 찾아 헤매던 그 무엇도
꿈결이듯 헛보이듯이 나투어지고 있다

동행

멧새 한 마리 날개가 부러졌다

산을 바라보고 하늘을 쳐다볼 뿐

바위에 주저앉아 있다

어쩌다 저리 되었을까

눈에 그렁그렁한 앞산과 먼 하늘

나도 그 눈동자에 붙들려 있다

잉어등

봄날 오후 잉어등 산길을 오르다가
소나무 그늘에 앉아 쉰다

눈앞에는 무리 지어 피어 있는 진달래꽃들
눈을 반쯤 감은 채 바라본다

연못 잉어들이 여기까지 따라온 것일까
착각은 자유라는 말도 있지만
이럴 때 적용될 수 있다는 생각도 든다

이 야트막한 산등성이에다가
누가 처음 잉어등이라는 이름을 붙였을까

봄날이 가도 그렇게 불릴
완만한 산길을 다시 느리게 오른다

내가 잉어등을 타고 있다니

이 봄날 오후가 낯설게 아릿하다
가는 데까지 가다 내려오려 하나
이 한때라도 연옥이 아니다

동자꽃

암자 앞 솔숲 옆에 핀 동자꽃
동자승의 상기된 얼굴빛 같고
가사袈裟 빛깔 같아 보이기도 하네
누군가를 간절히 기다리는 듯한
자태를 바라보고 있으면 가슴 아리네

노스님은 외톨이 동자를 데려다 돌봤는데
겨울 양식 시주하러 먼 마을로 갔다가
폭설에 갇혀 뒤늦게야 돌아오니
혹한에 굶주리며 기다리던 동자승은
―오호통재라
바위에 앉은 채 얼어 죽어 있었네
―오호애재라
노스님은 가여운 동자승을 솔숲 옆
양지바른 곳에 고이 묻어주었네
그 여름 무덤에 주황색 꽃이 피어올라
동자꽃이라고 불린다는 이야기가 전해오네

그토록 기막힌 사연 때문에 그런 걸까
동자꽃은 비애의 환한 변신 같네
동자승의 그 기다림을 떠올려 보면
가슴 아리고 아프게 하다못해
발길을 붙들어 매기조차 하네

동고비 둥지

앞산 골짜기 숲속, 동고비 한 쌍이
나뭇가지에 앉아 흐뭇한 듯 지저귄다
딱따구리가 버린 둥지를 새로 단장하고
지켜보면서 잠시 쉬는 중일까
주둥이엔 진흙이 아직 조금 묻어 있다

내가 다가가 바라보는데도 아랑곳없이
자리만 바꾸며 연신 지저귄다
굴참나무에는 도토리들이 익는 중인데도
다람쥐들은 분주하게 쏘다니고 있으나
동고비 한 쌍은 마냥 느긋한 자세다

동고비는 리모델링의 명수라 하던가
남이 쓰다가 버린 헌 집을 재활용하려
새집으로 꾸민 뒤 드나드는 문만 좁힌다
사나운 새들이 공격하더라도
새끼들을 안전하게 지키기 위해서이다

때마침 딱따구리가 날아오자 재빠르게
둥지 속으로 피하듯 날아든다
딱따구리가 옛집 찾으려 온 건 아니라도
그냥 마주치기가 면구스럽기 때문일까
동고비 둥지는 나무 속이 제격 같다

여름 변주

하늘이 낮게 내려오는가 싶더니

매지구름 몇 장 앞산 마루에 걸린다

소나무 가지에 멀쩡게 매달리던 낮달이

다급한 듯 어디론가 숨는다

창밖에 우두커니 서 있는 벽오동나무는

소나기 세례를 흠씬 받는다

이 난타 연주에 빠질세라 끼어드는 건

단골 깜짝 출연의 번개와 천둥소리

변덕스러운 한마당 여름 변주다

폭염, 반란

폭염의 한여름, 나뭇잎들이 햇빛을 되쏜다
진초록으로 반짝이는 오동잎들은
매미 소리까지 엮어서 되쏜다
잎사귀에 뛰어내리는 햇빛이 거꾸로 튕긴다
다시 뛰어내리다가 튕기어 오른다
오동나무 옆자리의 사금파리는
보라는 듯 섬광같이 햇빛을 되쏜다
나뭇잎보다 사금파리의 반란이
훨씬 더 완강한 건 무엇 때문일까
생명체보다도 생명이 없는 것의 강한 반란을
어떤 의미로 받아들여야 할까
햇빛을 피해 나무 그늘에 든 나는
눈부신 사금파리의 반란을 부럽게 지켜본다

포쇄曝曬

늦장마 물러나고 청잣빛 아득히 높은 하늘
서재 구석에 방치한 책을 꺼내 말리듯
응달에 그대로 뒀던 마음을 햇살에 넌다

따스한 햇볕, 눈부신 햇빛,
몇 자락 비단결 같은 바람

양지바른 베란다 화분의 몇 포기 샐비어
빨간 꽃송이들도 바람 따라 날갯짓하듯
햇빛과 햇볕과 햇살에 생기를 포개고 있다

노을, 전언傳言

아득한 수평선 너머로 지는 해
붉은 노을이 말을 걸어온다
아득하면 되리라고 하던
어느 시인의 말이 떠오른다
그 말을 노을에 떠밀어 올린다

다시 또 노을이 말을 걸어온다
그 말을 하던 시인이 진즉
그 아득함에 들었노라고,
이윽고 노을이 스러져가고
수평선도 아득한 그 속에 든다

달빛 소나타

늦가을 이른 저녁 달빛 따라 걷는다

풀벌레 소리가 따라오고

발치에는 우수수 나뭇잎들이 떨어진다

별들이 내려와 뜨고 있는 호수를 지나

달빛이 밝혀 주는 길로 걸어간다

(쓸쓸하면서도 왠지 따스해진다)

산모롱이를 돌아 한참 가다 보면

달빛이 내려가는 길을 더 환히 비춘다

발길을 돌려 다시 달빛을 따라 걷는다

풀벌레 소리가 따라오고

가까워지는 마을에도 달빛이 환하다

겨울 남천南天

베란다 화분의 남천 열매들이

크리스마스가 다가오자 더 붉어진다

앞뜰의 남천들도 마찬가지다

흰 꽃들의 소망이 저리 붉어진 걸까

온몸을 기다림으로 불 지피면서

동방박사들을 마중할 채비를 하는지

하늘은 눈을 내릴 듯 설레고

화이트 크리스마스를 맞이하고 싶은

내 마음도 남천 따라 붉어진다

크리스마스 캐럴

함박눈 내리다 그친 창밖이 설렙니다
크리스마스 캐럴을 듣고 있었는지

페리칸사스도 남천들도 상기돼 있습니다
가지에 매달려 햇살 받는 붉은 열매들을
흰 눈송이가 감싸주기 때문일까요
흰 마음으로 붉은 마음을 감싸 봅니다

눈을 감고 먼 먼 옛날로 되돌아갑니다
크리스마스 카드 속의 종소리들이
날개 단 듯 먼 하늘나라를 향해 오르고
꿈속에서만 뵈던 길을 걷기도 했습니다

남천과 페리칸사스의 열매들 같이
마음은 캐럴 선율을 따라 붉어집니다

갈등葛藤 1

소나무는 소리 없는 아우성을 지를까요
등나무 넝쿨과 칡넝쿨이 줄기차게
옥죄고 있으니까요
등나무가 시계 방향으로 죄어가고
칡넝쿨들은 반대 방향으로 죄고 있군요

저 소나무가 내 처지를 들여다보게 해요
누군가가 보이지도 않게 공격하고
또 누군가는 연신
안 그런 척하면서 등에 칼을 대니
남몰래 숨 막힐 지경으로 괴로우니까요

포용이라는 말은 사전에서 잠든 걸까요
소나무나 나나 갈등 때문에
내 탓이라는 말도 무색해지지 않겠어요

갈등 2

사람 많이 모인 자리엔 가고 싶지 않다
사람들을 간절하게 그리워하면서도
이러는 나를 사람들은 어떻게 볼까
자라를 보고 놀라서 솥뚜껑 보고도 놀란다거나
대인기피증 때문이라고 보는 사람도 있을 거다
그보다는 봉변당해 다시는 당하고 싶지 않지만
진정으로 가까울 사람 만나고 싶은
두 가지 감정이 길항하기 때문이다
이 갈등은 여전히 좀체 풀리지 않는다

지난 한때의 치욕은 애써 지우려 해도
아직도 치유되지 않는 트라우마다
오래 가까웠던 사람들이 얼굴 바꾼 채
등에 칼을 꼽던 때가 잊히지 않아
사람들과 가까이하기를 저어하게 한다

초승달

밤하늘에 떠 있는 초승달은
사람마다 다른 모습으로 보이는가 봐요
어떤 사람은 입술 같다고 하는데
눈썹 같다고 하는 사람도 있더군요
누군가는 나뭇잎 한 장 같다는데
깎아서 버린 손톱 같다는 사람도 있고
빈 접시 같다는 이도 있어요

허기진 사람에게는 빈 접시,
버림받은 사람에게는 손톱 같은 걸까요
외로운 사람에게는 나뭇잎 한 장,
미모지상주의자에게는 눈썹 같지만
실연한 이는 입술로 보이나 봐요
초승달은 사람에 따라 다른 달이더군요
마음이 거울이라 그럴는지요

초승달을 바라보면 왠지 나는

비워낸 마음이 다시 차오르는 것 같고
내려놓은 것들을 떠오르게도 해요
지나온 길과 갈 길을 들여다보게 하고
나를 일으켜 세워주기도 해요

면벽面壁

벽을 바라보다가 나도 벽이 되고 있는지

흰 벽이 회색으로, 검정색으로,
다시 회색으로, 흰색으로 바뀌는 동안
밝아지다 흐려지고 어두워지다가
또 그 반대 방향으로 밝아지기도 하는

이 면벽의 나날

하루에도 몇 번이나 마음 고쳐 보아도
명도明度만 바뀌고 또 달라질 뿐
색상色相과 채도彩度가 지워진 무채색,
마음 강산의 속절없는 이 허방

벽을 마주하던 나도 벽이 돼버린 것일까

업보業報

어김없이 또 날이 저뭅니다
해종일 떠돈 길들이 저만큼 물러납니다

날이 저물면 새들이 둥지에 들듯
집으로 돌아와 나를 한참 들여다봅니다

나를 찾아 산지사방 헤매 보아도
만나지 못해 되돌아올 수밖에 없었지요
나는 여전히 먼 데 있나 봅니다
길 위의 발자국들도 희미하게 보이다가
어둠 속 깊이 묻혀버리고 맙니다

사는 건 자신을 찾아가는 여정이라는데
이 여정은 부질없기만 한 걸까요

하지만 내일도 해종일 길을 떠돌겠지요
나를 찾아가야 할 테니까요

길과 나 4

있어도 그만, 없어도 그만
내가 가는 길은 그럴는지도 모릅니다
길이 있어서 갈 때도 있고
없는 길을 만들며 가기도 합니다마는
없어도 그만, 있어도 그만
되돌아올 때는 그런 생각이 드니까요
그래도 날마다 가는 길은
안 가도 그만인 것 같아 그런 걸까요
내가 있으므로 길이 있고
길이 있어서 내가 있는지도 모릅니다
길이 나를 부르지 않아도
제아무리 숨더라도 나서게 되는 것은
내가 나를 찾기 때문이며
없는 길도 만들려고 하기 때문이지요
있어도 그만, 없어도 그만
없어도 그만, 있어도 그만인 길이라도
마냥 길을 나서게 됩니다

길과 나 5

간밤에 눈이 내려 은빛 세상입니다
잠시라도 붙들어 앉히고 싶습니다
길들이 지워져 안 보이지만
바라보며 이대로 머물고 싶습니다
길들도 다 눌러 앉히면 좋겠습니다

간밤 꿈에는 지나온 길도
가고 있던 길도 거둬들이고 있었습니다
길이 남김없이 지워지고
나는 우두커니 서 있는 소나무였습니다
제자리에 서 있었습니다

햇빛이 다시 맨발로 뛰어내립니다
가면을 벗듯 세상은 느리지 않게
민얼굴을 드러내고 있지만
나는 은빛 세상을 붙들어 앉히며
그 안에서 갈 길을 찾고 싶습니다

길과 나 6

가지 않아야 할 곳으로 갔다가
돌아온 것 같아 오늘의 길을 지우려 합니다
안 가고 싶은 길로 가지 않는 성미지만
마음 약해져 그러지 못했기 때문입니다
있었던 일이 없어지지는 않는다고 하더라도
한밤중까지 지우려고 애씁니다

어머니의 말이 새삼스럽습니다
오래된 옛날, 어머니는 누가 무어라고 하든
가지 않아야 할 길은 절대 가지 말고
마음 내키는 데만 가라고 하셨습니다
오늘은 부름에 못 이겨 그러지 못했더라도
남의 탓이 아니라 내 탓입니다

내겐 한 가지 기우가 있습니다
안 가고 싶은 곳에 가면 반드시 탈이 납니다
오늘 부른 사람들을 원망하지 않지만

내가 함께할 곳은 분명 아니었습니다
가지 않아야 할 데 가고만 자괴감을 부추겨
탈 난 마음을 되돌리려 합니다

길과 나 7

마음 돌리고 나니 길이 다르게 보입니다
안 가고 싶던 길로도 가고 싶어지고
안 만나고 싶던 사람들과도
피하고 싶지 않습니다
만나 이 나그넷길을 더불어
갈 수밖에 없겠다는 생각도 드니까요
나를 내게 가둘 수만도 없기 때문이고요

흐르는 세월이 약이었는지도 모르겠지만
예까지 오기까지는 몇 해 걸렸습니다
길이 있어도 안 가고 싶으면
아예 가지 않았습니다
보고 싶지 않으면 안 만나고
어쩌다 마주치면 돌아서 걸었습니다
길을 나서려 하면 두려워지기도 했지요

까닭이 뭐든 사람을 기피하는 것이

그다지 괴로울 줄 몰랐어요

이젠 설령 다시 당하더라도

당하며 가기로 마음 다잡아 봅니다

물의 길

강가에 서서 내려갈 길을 떠올리다
계단 앞에 이르러선 오를 길을 찾는다
계단을 오른 뒤 강물을 내려다본다

아래로만 흘러가는 물의 길
하늘을 향해 팔을 뻗는 강둑의 나무들도
저 길을 들여다보고 있으려나

하늘은 우러러 살게 하지만
강물은 내려가고 더 내려가야 오른다는
세상의 순리를 일깨워 준다

늘 제자리를 지키는 나무들은
계단을 오르고 내리는 나를 바라보면서
마음은 한결같기를 바랄까

변함없이 제자리를 지키고 있으면서

하늘 우러러 물길을 따르는 게 도리라고
나무가 나직이 귀띔해 주는 것 같다

소요逍遙, 못가에서

오늘은 못물이 유난히 맑습니다
못물에는 낮달이 내려와서 놀고
낮달과 더불어 나도 느긋하게 놉니다

그저께 내렸던 비가 못물을 바꾸고도
여태 남아도는 물을 흘려보냅니다
흐르는 물소리에 귀를 가져갑니다

나무들이 쟁였던 빗물을 보내나 봅니다

이따금 물고기들이 달을 건드리고
수면으로 솟구쳐 오르기도 합니다
나는 물고기들과도 어우러지며 놉니다

물속과 그 위에서 놀던 나는 흘러가는
물소리를 따라가는 물이 되다가
다시 못으로 거슬러 와서 놉니다

나와 나

내가 나를 데리고 온다

그 나가 여기의 나와 너무 달라 보였는데

내가 마음을 비우자 나를 따라온다

비록 꿈속에서지만 그 나가

내가 되고 싶었던 나였기 때문일까

꿈 깨고 나서 다시 그 나를

내가 따라나서면 저만큼 가고 있다

나를 데려가는 그 나가 다시 달라 보인다

내가 그 나를 좇아간다

나는 나와 논다

나는 요즘 나와 더불어 논다
잘 안 보이면 만날 때까지 찾아서 논다
언제나 내가 홀로 오지는 않는다
앞뜰의 작은 새들과 더불어 오고
새들이 지저귀는 나무들도 데리고 온다
나는 나무와 놀고 새와 논다

황혼 무렵에 술 생각이 나면
홀로 술잔을 기울일 때도 없지 않지만
술상을 떠났던 지기 몇몇이 오고
이태백이 달을 따서 오기도 한다
아득히 가버린 지난날들이 되돌아와서
술잔을 연신 기울이게 한다

그런 기억들과 한참 놀다가
가려 하면 가는 대로 놓아주기도 한다
홀로 왔다 홀로 가야 하는 길에

생각의 고삐 느슨하게 풀어 놓고
둥근 달에 구름 가듯 가는 듯 마는 듯
나는 요즘 나와 더불어 논다

짧은 꿈

한낮, 의자에 앉아 잠깐 조는 사이
나는 새가 되어 하늘로 날고 있더군요

무슨 새인지는 알 수 없어도
한눈에 드는 세상을 내려다보며
커다란 날개를 힘차게 퍼덕이더군요

세상은 꿈 밖에서나 꿈속에서나
마찬가지로 거꾸로 돌아가고 있어도
높은 데서 내려다보니 다르더군요

달라질 기미가 보이기 때문이지요
세상 바로잡으려는 사람들을 따르는
군중이 구름 떼같이 몰리더군요

졸다 깨고 나니 짧게 꾼 꿈이었어요
얼마나 간절했길래 새가 되어서

달라진 세상을 보았겠어요

마차가 말을 끌던 시절은 지나갔지만
아직 마차가 삐걱거려 안타깝군요

비 내리는 날

비는 빗소리를 안고 내리고
물은 빗소리를 업고 흐른다
바람 따라 내리고 바람 따라 흐른다
비가 내리고 물이 흐른다

나도 내려가고 흘러간다
비 따라 내려가고 물 따라 흘러간다
안 내려가려 해도 내려가고
안 흐르려고 해도 흘러간다

우두커니

소나무 아래 우두커니 앉아 있으니
소나무가 우두커니 내려다봅니다

내가 앉아 있는 나무 의자는 내 무게를
우두커니 받쳐주고 있습니다
지나가던 사람이 발길을 멈추고
우두커니 서서 하늘을 올려다봅니다

양떼구름이 화답하듯 우두커니 멈춰
앉거나 서 있는 그 사람과 나를
굽어보고 있는 것 같습니다
세상은 모처럼 우두커니 평화롭습니다

새로 차게 하려 비우고 내려놓듯
우두커니 이 한때에 안기어 봅니다

참회懺悔

늘 우러르는 그 사람을 따르려 해도

여전히 마음만 따라나서는 것인지

이내 뒷모습조차 보이지 않고

그 사람이 걷던 길들만 선히 보인다

어둠살 사이로 성글게 흩날리는 눈발

내가 서 있는 저물녘 겨울 벌판에도

그 길들은 눈부시게 빛나건만

몸으론 그 사람을 따르지 못하고

우러르면서도 여태 그 자리에 있다

염장鹽藏

이 순간을 붙들어 염장하고 싶다고
마음먹는 사이 가버린다
다시 마음먹어도 다른 이 순간이다
할 수 없이 그런 마음을
붙잡아 염장하려 해도 역시 허사다
마음을 붙들어 앉혀봐도
소금물이 깊이 베지 않기 때문인가
궁리 끝에 궁여지책으로
그 뒷모습이라도 잡아 두려 하지만
저만큼 멀어져가고 만다
염장되는 건 오로지 이 허당뿐이다

잠

잠 못 드는 밤엔 잠을 어깨에 떠멘다
누운 채로 떠메고
일어나 앉거나 서서도 떠멘다
안 보이지만 떠메고 안 보이므로 떠멘다

기다려도 끝내 오지 않는 그대처럼
오지 않기 때문에 간절하지만
오지 않으므로 밤새워 떠멘다
잠 못 드는 밤을 괴로워해 왔는데

이즈음 그런 밤에는 잠을 받들어 떠멘다
누워서 떠메고 서서도 떠멘다
오지 않기 때문에
내가 그 품에 들어버릴 때까지 떠멘다

예초 刈草

사람들과 더불어 살아가면서 가끔
제초와 예초의 차이를 떠올려 본다
내가 잔디 같고 그들이 잡초 같은지
반대로 내가 잡초 같은지도 생각해 본다

사람들과 얽히고설키다 궂은일 벌어지면
잔디를 위하듯이 제초하지는 않는다
벌초하듯이 말끔하게 예초한 뒤에는
내가 잡초가 아닌지도 들여다본다

유리*
—악령惡靈

꿈속에서 이따금 달라붙듯 엉겨드는
유리, 차가운 유리琉璃같이 투명한 너는
나와 유리遊離되는 게 피차간에
유리有利하고 유리有理할 것도 같아

내가 나와 밤중엔 유리流離되기도 하니
잠든 사이 몰래 달라붙곤 하는 거니
내가 언제나 기피하는 걸 너도 알잖니

그런데 네게 무엇이 그리도 좋길래
야음 타고 도둑같이 오는 거니
나를 위해서도 너를 위해서도 오지 마
나는 너를 깨트려버리고 말 거니까

유리, 꿈결에도 얼음공주 같은 너를
경계하고 싫어하니 제발 찾아오지 마
내가 소년 시절에 너무나 좋아했던

동화 속의 예쁜 소녀처럼 유혹하지만
결코 속지는 않을 테니, 제발, 유리

* 꿈속에서 소녀 모습으로 유혹하는 악마

포모증후군*

오래 칩거하던 그 사람이 안쓰럽다
오랜만에 술상 앞에 마주 앉아서
술잔을 몇 순배 주고받는다

갑자기 아다지오에서 프레스토로
감정 표현도 얼굴 표정도 달라진다

말수가 적던 지난날과는 사뭇 달리
말들을 속사포 쏘듯이 쏟아낸다
한 말을 되풀이 번복한다
술이 참았던 속내를 부추기는지
소외불안감과 고립공포감 때문인지

세상에 바뀌지 않는 것이 없다지만
무엇이 그를 저리 바뀌게 했는지

포모증후군이라는 용어가

문득 스쳐가 안타깝고 눈물겹다
나는 그의 두 손을 마주 잡아줄 뿐

* 소외불안감 또는 고립공포감

눈길

눈길을 걸으면 발자국들이 따라옵니다

따라오다 이내 지워지면서 따라옵니다

뒤돌아보면 지나온 길이 지워지고

가려는 길도 죄다 지워져 안 보입니다

가던 길을 멈춰서서 눈을 맞고 있으면

길을 따라가기보다 길을 내면서

가고 싶어지게 부추기는 걸까요

아침부터 내리던 눈은 한나절 지난 뒤

지나온 길도 가려는 길도 다 지웠지만

왜 새길을 걷고 싶게 하는 건지요

눈이 그치고 나서 지워진 길을 나서면

발자국들이 새길을 내면서 따라옵니다

IV

보랏빛 꿈

그늘에서 잘 자라는 맥문동들이
꼿꼿한 꽃대에 오종종 보랏빛 꿈을 매단다

그늘 드리운 계수나무 가지에서
축하하듯 매미들이 떼창을 한다
청소년 시절 맥문동처럼 그늘에서 자란 내가
마음 낮춰 늘그막 길 가는 나를
어떤 눈으로 바라보고 있을는지

한여름만 되면 맥문동에 눈길이 머무는 건
못다 꽃피운 보랏빛 꿈 때문일까

고향 냇가

비 그친 오후, 고향 마을 앞 냇가에
왜가리 한 마리 한가로이 노닐고 있다
오랜만에 찾아온 고향이건만
깃들 집도 없어진 지 오래다
그리운 얼굴이나 떠올리고 있는 내가
저 왜가리 처지와 어떻게 다를는지

(왜가리는 어디서 예까지 온 걸까)

내가 멍때리듯이 냇가에 서 있는데
왜가리는 긴 모가지로 작살을 쏘듯이
피라미를 잡아채 물고 있다
하릴없어 보인 건 착시였나
냇물이 왜가리에겐 먹이 바탕이지만
잃어버린 것들을 되짚어보게 한다

옛사람들

양지바른 창가에 앉아 잠깐 조는 사이
간밤 꿈속에서 만난 몇몇 옛사람을
옛 모습 그대로 다시 만났다

서른 해도 훨씬 전에 헤어졌던 사람들이
그 시절을 데리고 간밤에 나타나더니
한낮에 조는 동안 왜 또다시 온 건지
옛날로 돌아가고 싶은 이 마음 때문일까

더욱 희한하게 느껴지는 건 그들 모두가
영영 헤어진 가족이나 친지도 아니고
한때 스치듯 만난 사람들일 따름인데
인연이란 이런 경우를 두고 하는 말일까

창밖엔 젊은이들이 잰걸음으로 지나가고
한 노인은 허리 구부린 채 느릿느릿
청려장에 온몸을 맡기듯이 걸어간다

그런데 나는 이대로만 머물러 있고 싶다

눈을 들어 먼 하늘을 바라보면
한때라도 따스했던 그 옛사람들이
그 시절 나와 함께 오다가 말다 한다

시간여행

마음 울적해 모처럼 찾아온 고향 마을
옛날은 까마득하게 가버렸는데도
옛사람들이 타임머신을 탄 듯 다가섭니다

타향에선 이따금 희미하게 보이던 옛날도
그 시절 사람들이 데리고 온 듯
먼 산 넘으며 점점 가까이 다가옵니다

자라봉 밑 시내에서 썰매를 타고
팽이를 치던 동네 아이들이 다가오고
정월 대보름날 쥐불놀이를 하던 때도,
수박 서리하던 날도 다가옵니다

어머니를 졸라서 외갓집 가던 길,
외손자가 귀엽다고 해금을 켜주시던
외할아버지와 처마에 매달린 고드름,
그런 장면들 역시 선히 보입니다

재실 강당에서 가끔 한문 가르치시던
아버지의 낙향 이후 몇 해 모습,
병환으로 집 떠나시던 장면도 선연합니다

또 몇 해 뒤 한겨울 눈보라 치던 어느 날
세상 떠나시고 귀향하신 아버지,
넋 잃은 채 울부짖던 나도 보입니다

처가 고택

경북 포항시 북구 죽장면 입암리
비운 지 오래된 처가 고택,
허물어진 대문에 나무들이 버텨 서 있다

새 주인은 나무들과 마른 풀들
옛 주인을 알고 있기나 할는지
분방하게 사는 모습이 그야말로 가관이다
군데군데 기왓장들이 나뒹굴고
지붕도 몇 군데나 상처가 깊다
담장 밖에 서서 망연자실 바라봐야 할 뿐
강 건너 등불 같은 옛 기억들

애지중지 고택 지키던 장모는
백수 넘기고 별세하신 뒤 몇 해 머무시던
집 인근 묵밭 유택도 떠나셨다
대구집에서 상수 세 해 넘기신
애국지사 장인 따라 대전현충원 가셨으니

아무도 살지 않는 고택은 영영
버림받을 수밖에 없을 것 같다

이따금 낯선 새들이 날아들어 지저귀고
한때의 그리운 추억들마저
다가오다 차츰 멀어지다가 한다

잘츠카머구트 호숫가에서

아내가 일행과 배를 타고 유람하는 동안
홀로 남아서 호숫가를 거닌다

열두 해 전 유람선에 마주 앉았던 여인의
호수 같은 눈이 문득 떠오른다

푸른 눈동자의 그 여인이 지금은
어느 하늘 아래서 무얼 하며 살고 있을지
호수를 바라보노라면 뜬금없이
그 눈동자가 왜 선히 다가오고 있는 건지

하늘에 떠가는 구름 그림자가 어룽거리는
호수의 물이 너무 맑고 푸르러
까마득히 잊었던 기억이 되살아난 것인지
유람선이 가까이 다가오는 동안

왜 굳이 배를 안 타고 남았는지

생각해 봐도 뜬금없다는 느낌은 한가지다

먼 기억 속에 묻혀 있던 타인도
생각나게 하는 것이 이국 여행인가 보다

선잠 속 두 자락의 꿈

블레드*에서 스플리트**로 가는 버스에서
일곱 시간 동안 선잠에 두 자락의 꿈을 꿨다
이방인이라 그랬던 걸까
발칸반도에서지만 우리나라 무대의 꿈이었다
한 자락에는 천상병 시인이, 다른 한 자락엔
고승高僧이 주역들이었다

빈 들판에서 막걸리를 마시던 천상병 시인은
한 잔 가득 채워 권하며 소풍엔 술과 담배가
가장 즐겁게 한다고 했다
함께 소풍을 즐기는 사이 술, 담배가 떨어져
마을로 달려가 막걸리 두 통과 담배 한 갑을
사 드리고 헤어지려는데
꿈 깨니 버스는 빈 들판 길을 달리고 있었다
한참 차장 밖을 바라보다가 다시 꿈속이었다
주장자를 짚고 걸어가던
서암 스님이 자기를 만나러 왔느냐고 물었다

그렇다고 하자 왔던 길로 되돌아가라고 했다

나도 그냥 나들이 중이니
너도 그냥 그렇게 나들이를 하라는 것이었다
그 뒷모습을 우두커니 바라보다가 꿈을 깼다
'소 타고 소를 찾는구나'
태능太能의 임종게가 어렴풋이 스쳐 지나갔다
버스는 빈 들판 사잇길을 달리고 있었다

* 슬로베니아의 고도
** 크로아티아의 고도

부다페스트 야경

유람선을 타고 부다페스트의 밤 풍경에 빠져든다
열두 해 전의 야경과는 또 다른 느낌의 비경이다

황금빛 건물들과 은빛 머금은 다리들
저 다리는 세차니 다리와 에르제베트 다리라던가
은빛 교각 사이로 비치는 푸른빛, 그 너머로는
은빛으로 단장한 성당 위에 솟은 푸른빛 두 첨탑
도나우강의 밤물결은 저 비단 자락 옷을 입고
브람스의 헝가리 무곡 5번 선율을 타고 저다지도
우아하고 황홀하게 춤추고 있는 걸까

난생처음 와본 아내는 황금빛 감탄사 연발하고
옛 왕궁은 그저 묵묵히 밤 불빛을 그러안고 있다

먼 나라 여행길에서

저물녘 비엔나 케른트너 거리 인파 속에서
몇 번이나 눈이 마주친 노신사를
이틀 뒤 프라하의 카를교에서 다시 만났다

성 안 네포무츠키의 성상 앞에서
손 모은 채 블타바강을 내려다보고 있었다

스치고 가다가 뒤돌아보니 그는
물끄러미 나를 바라보고 있었다

그도 먼 나라 여행을 다시 할 수 있을는지
흐르는 강물을 내려다보니 문득

이 여행이 새삼 감사하다는 생각이 들었다
카를교를 되돌아 느리게 걷자니
비엔나 거리를 힘겹게 걷던 그가 떠오른다

로텐부르크*의 눈

고성의 도시 로텐부르크에 내리는 눈은
어린 시절 동화 속에 내리던 눈 같다
까마득한 기억도 가까이 데리고 온다
가볼 수 없기 때문에 꿈속에서만 만나보던
꿈결의 풍경에 중세풍의 눈이 내린다

성안에서 바라보면 내리는 눈은 마냥
이 도시를 중세로 되돌리려고 하는 것일까
망치로 깨 먹는 슈나발렌**을 먹으며
눈감았다 뜨면서 어디를 둘러봐도
눈은 옛 동화를 데리고 내리는 것 같다

* 독일의 성곽도시
** 로텐부르크의 전통 과자

귀국길

여객기를 내려 시계를 여덟 시간 늦췄던
프랑크푸르트에서 다시
시계를 여덟 시간 당겨 놓은 뒤 탑승한다
아쉬움도 없지 않지마는
집으로 어서 돌아가 쉬고 싶어서일까
열흘 조금 넘는 동안에
다시 만나거나 처음 만났던 풍경들이
머릿속에서 맴돌고 있다
기억은 차례로 또는 거꾸로 돌아간다
언제 또 기회가 있을지
차츰 멀어지는 추억으로 남을지 모르나
자꾸 뒤돌아보게도 된다
아무튼 동유럽이여, 발칸반도여, 굿바이

어느 날의 귀가

그분과 헤어지고 귀가하는 길
몇 번이나 자동차를 멈춰 세워야 했다

그다지 눈앞이 흐려질 줄 몰랐는데
그분이 다시는 돌아오지 못할 길로 떠나고

그분 떠난 세상 길이 잘 보이지 않는 데다
가르쳐 주던 길도 보이다 말다 해서 그랬을까

먼 하늘 바라보면 그분이 내려다보는 것 같고
지난날들도 줄지어 차창에 어른대고 있다

내가 어린 가장이 됐던 탓도 있겠지만 그분은
아버지 같았고 큰형님 같기도 했다

집에 돌아오자 참았던 눈물이 쏟아졌다
홀로 그분 생각만 하고 싶었다

그 밥집

그가 떠난 뒤 그와 이따금 드나들던

밥집을 찾아가니 문이 닫혔다

'상중, 급매 문의 바람'

창유리에 비치는 구름 한 자락

등 뒤로 무심히 흘러가고

새 한 마리가 잽싸게 지나친다

떠난 두 사람의 얼굴이

눈감으면 더 선명하게 보인다

밥집 주인도 그를 따라 떠난 것일까

자전自轉
—봉변*

봉변당해 마음 아프다
이 또한 지나가리라고 고대하지만
얼마나 견뎌야 할는지
아파도 지그시 누르며 기다린다

(그래도 지구는 돈다고 하지 않던가)

손바닥으로 하늘을 가릴 수 없듯이
콩이 팥이 될 수는 없듯이
진실은 때가 되면 밝혀지게 마련일 테지

설령 그런 때가 오지 않더라도
마음 낮추고 비우면서
상처를 깊이 그러안기로 한다

낮말은 새가 듣고 밤말은 쥐들이 들으며
하늘은 훤히 알고 있을 터

봉변 협박을 한 이들도 누구였던가

(저들도 양심이 있다면 마음 편할까)

누명을 벗게 되리라는 믿음으로
먼 하늘을 우러러본다
지구는 언제나 제 발길로 자전하고
그처럼 나도 따라 돈다

* 2023년 봄, 조직적인 음모의 함정에 빠짐.
몇 달 뒤 가까스로 누명을 벗음.

사시나무

바람길에 서면 옷자락이 나부낍니다
바람이 옷자락을 흔들어도
마음은 제자리를 지키고 있습니다

입동과 소설 사이
늦게 잠든 한밤 야음을 타고 첫눈 내려
나뭇가지들이 잎새 대신 눈을 붙들고 있습니다
그 발치의 낙엽들도 눈을 뒤집어쓰고 있습니다
바람은 안 보이지만 오가는 걸음걸음이
느껴지기도 합니다

바람길에 서 있는
나무 한 그루, 유난스레 떨고 있습니다
슬며시 다가가 보니 짐작했듯이 사시나무입니다
간밤 꿈속에서 만난 사람이 문득 겹쳐 보입니다
사시나무 떨듯 떨던 그 사람이었습니다
사필귀정이랄까요

도둑이 제풀에 발이 저리게 되듯이
아무래도 떨지 않고 못 배길
그 사람을 사시나무도 떠올려 줍니다

그 여자

그 여자는 곡비哭婢 같기도 하고
곡비曲庇하는 것 같기도 하다
남의 울음을 대신 울어주는 듯하지만
도리를 어기면서 남을 감싸고
보호하려는 여자로도 보이기 때문이다
남의 슬픔을 자신의 슬픔으로
연기하면서 분위기를 한껏 고조시키는
대역을 잘도 하는 것 같지만
누군가를 무리하게 감싸고 보호하려는
저의를 어떻게 보아야 할는지
처절하게 보이다가 가증스러워 보이니
내가 잘못 보아서 그런 걸까
곡비哭婢인 것 같이 곡비曲庇를 하는데
사람들이 속아 넘어가기만 해
그 여자를 보면 세상사 슬퍼진다

술친구

어느 날 한 지기가 술자리에서 나에게
우리는 진정한 친구親舊일까라고 묻더군요
하지만 머뭇거릴 수밖에 없었습니다
친구란 친하게 사귀는 벗, 또는
오래도록 친하게 사귀어온 사람입니다
사전은 그렇게 규정하고 있지요
하지만 뜻글자인 한자로 풀자면
나무를 세우는 걸 본다는 조합의 글자와
새가 풀을 모아 둥지를 짓는다는 글자로
만들어진 단어란 걸 알 수 있죠
다시 정리해 풀이해 보면 친구는
나무를 심고 자라게 된 뒤 새가 둥지로
보금자리 마련할 수 있기까지
지켜봐 주는 사이라고 할 수 있습니다
그와 나는 가끔 어울려 술 마시는 사이라
일단 느슨하게 술친구로 합의했습니다

별난 성미

타고난 제 성미는 안 고쳐지나 봐요
어릴 때부터 별나다는 말을 들었고
여전히 마찬가지니까요

먹고 싶지 않은 음식은 절대 안 먹고
마음에 들지 않으면 팔자가 바뀐다고 해도
하지 못하는 결벽증이 굳어졌나 봐요

누가 아무리 만류하더라도
한번 마음먹으면 망가져도 해야 하고
해롭다는 음식만 마시고 먹는 편이긴 해도
짭조름한 밑반찬만 있으면 그만이라
밥상 투정은 하지 않아요

마음에 거슬리는 일로 밤잠 설치지만
되돌리지 못하는 일엔 얼른 마음 비우지요
소심증 탓일까요, 변덕증 때문일까요

사람들이 별나다고 해도
별나게 살 수밖에 없을 것 같아요
마음 가는 데로만 가는 성미니까요

영원한 안식의 나라로
—빙부 권중혁* 애국지사 영전에

오늘은 옥빛 하늘이 유난히 우러러보입니다
옷깃 여미고 우러러 바라보고 있으면
오랜 세월 당신이 혼신으로 꾸던 꿈들이
점점 가까이, 선연하게 다가오기 때문입니다

암울한 일제강점기 때 광복에의 열망과
그 좌절, 일본 기타큐슈 고쿠라형무소의
차가운 벽과 더욱더 불타오르던 애국심,
길지 않은 광복의 희열도 무색하게 했던
민족분단과 동족상잔의 비극, 남남갈등······

그야말로 질곡과 고난의 세월이었습니다
하지만 당신은 그 피하려야 피할 수 없는
우여곡절 속에서도 한결같은 기개로,
대쪽 같은 불굴의 의지로 이겨내셨습니다

우리는 그 우국충정의 숭고한 정신을

결코 언제까지나 잊지 않을 것입니다
광복 동지들과 함께 힘겹게 씨를 뿌리신
민족번영의 텃밭은 이제 우리의 몫이며
우리의 지상과제임도 잘 알고 있습니다

이제 무거운 짐들은 죄다 내려놓으시고
애국 동지들과 함께 느긋이 지켜보시면서
영원한 안식의 나라에 드시길 기원합니다
오늘은 옥빛 하늘이 유난히 눈부십니다

* 1921년 출생해 2023년 10월 10일 타계. 보성전문 재학 중인 1944년 일본군에 학도병으로 강제 징집돼 탈출, 독립운동을 시도하다 체포돼 일본 기타큐슈 고쿠라 형무소에 투옥돼 수감 생활. 1945년 해방으로 귀국해 광복회를 통해 활동함. 이 시는 12일 국립대전현충원 독립유공자묘역 안장식 때 낭독한 추모시임.

쓸쓸하고 외롭고 아름다운 여로

이 숭 원 (문학평론가)

쓸쓸하고 외롭고 아름다운 여로

이숭원(문학평론가)

1. 먼 곳과 기다림의 의미

이태수의 시는 먼 곳에 대한 명상으로 가득 차 있다. 시집의 제목이 『먼 여로』이고 시집의 「시인의 말」에서도 "여전히 앞이 잘 보이지 않"지만, "마음 가는 데까지는 가보려 한다"라고 했다. 그는 먼 곳을 향하여 길을 걷는 시인이고 목적지가 보이지 않아도 진행을 멈추지 않는 시인이다. 그는 절대 포기하지 않으며, 멀더라도 가야만 하고, 갈 수 없으면 기다리는 시인이다.

이것은 어제오늘의 이야기가 아니다. 지금까지 그의 시 작업이 이런 방향으로 줄기차게 진행되어 온 것을 그의 이력이 증명하고 있다. 문학평론가 김주연 선생도 일찍이 이태수의 시에 대해 그가 추구하는 '신성한 말'은 멀리서 희미한 빛을 보일 따름이어서 시인은 안간힘으로 길을 나설 뿐이라고 했다. 보이지 않는 먼 곳을 향해 가겠다는 시인의 육성은 그만큼 간절하다. 그 음성은 고상한 기품을 유지하고 있어서, 울림은 크지 않으나 소박하고 그윽한 음률이 깊은 감동을 준다.

가고 싶은 마음, 갈 수 없을 때 기다리는 마음은 시간의 흐름에 따라 변주되지만, 그 흐름은 변함이 없다. 가고자 하는 원심적 운동은 순수의 자세를 유지하겠다는 구심적 의지와 긴밀하게 연결된다. 원심과 구심의 복합적 파동은 시 창조의 동력으로 균질하게 작동한다. 기다리는 마음은 대상에 대한 환각을 빚어내고 환각은 다시 가고 싶은 마음을 자극한다.

가고 싶은 욕망, 기다림의 정동, 환각의 창조는 시의 내면에서 순환 구조를 이룬다. 기다림이 환각을 창조하고 환각은 다시 기다림을 촉구한다. 그런 의미에서 꿈의 매트릭스가 이태수 시의 중심을 이룬다고 말해도 좋다. 환각의 창조는 이태수 시의 동력으로 작용한다. 다음 시를 통해 그 사실을 확인할 수 있다.

홍방울새들이 언제 돌아오려나
구름이 흘러가는 먼 하늘,
마음은 구름 따라 흐르고

나뭇잎들이 우수수 지고 있다

창가에 앉아 비발디의 플루트 협주곡
'홍방울새'를 듣고 있으면
무리 지어 파도처럼 날아오는 홍방울새들이
간밤 꿈속이듯 날고 있다
날아들면서 일제히 D장조로 지저귄다

한곳에 머물지 못하고 떠도는 마음은
흐르는 강물 같아서일까
멀리 떠났다가 눈 내릴 무렵에야 되돌아오는
홍방울새 떼를 기다리는
마음의 빈 뜨락에도 첫눈이 내리려나

예이츠의 홍방울새들 날갯짓도
다가오듯 보이지 않지만
창가에 우두커니 앉아서
돌아올 홍방울새들을 기다린다
            —「홍방울새를 기다리며」 전문

이 시는 '먼 여로'로 표상되는 이태수 시의 정신적

126

흐름을 잘 보여준다. '홍방울새'는 예이츠(William Butler Yeats, 1869~1939)의 유명한 시 「호수 섬 이니스프리(The Lake Isle of Innisfree)」에 등장하는 새다. "저녁에는 홍방울새 날갯소리 가득하다(evening full of the linnet's wings)"라고 예이츠는 노래했다. 홍방울새의 날갯소리를 통해 평화로운 아일랜드 전원 풍경의 아름다움을 떠올린 것이다. 이태수 시인은 이 새를 비발디의 플루트 협주곡 3번 「홍방울새」와 연결하여 회상의 강도를 높였다. 비발디의 이 아름다운 표제음악은 새소리를 플루트로 표현한 최초의 사례로 알려져 있다.

시와 음악으로 조성된 회상의 정조는 그의 마음속에 자리 잡은 어떤 이상의 경지를 소환한다. 그는 아름답고 평화로운 어떤 먼 곳으로 가고 싶은 것이다. 그곳은 "구름이 흘러가는 먼 하늘"로 표상되듯 알 수 없는 미지의 장소다. 그 미지의 세계로 향하는 마음의 영상을 "무리 지어 파도처럼 날아오는 홍방울새들이/간밤 꿈속이듯 날고 있다"라고 표현했다. 그리움과 기다림이 환각을 창조한 것이다. 이 환각은 다시 기다림을 촉진한다. "창가에 우두커니 앉아서/돌아올 홍방울새들을 기다린다"라고 시인은 썼다. 우리는 이 시를 통해 그리움과 환각과 기다림의 순환 양상을 파악할 수 있다.

이 시의 연속 편인 「꿈속의 홍방울새」에서도 홍방울새 떼의 지저귀는 장면을 묘사한 후 "눈을 뜨고 나니 꿈이었어요"라고 고백하면서 "예이츠와 비발디가 불러 준 환상이/이다지도 홍방울새를 기다리게 하는지요"라고 자신의 마음을 토로하고 있다. 이러한 환상이 오래도록 진지하게 이어지는 이유는 무엇일까? 우리는 이태수의 시집을 정성껏 세심히 읽으며 그 질문의 답을 찾을 수 있다.

그는 「짧은 꿈」에서 그가 몽상에 잠기는 순간을 시로 표현했다. 한낮에 의자에 앉아 잠깐 조는 사이에 새가 되어 하늘로 나는 꿈을 꾼 것이다. 마치 『장자』의 '소요유逍遙遊'에 나오는 것처럼 무슨 새인지는 알 수 없지만 새가 되어 날개를 펴고 세상을 한눈에 내려다보며 커다란 날개를 힘차게 퍼덕였다고 했다. 참으로 장엄한 장면이다.

꿈속에서 본 세상인데도 세상은 정상에서 벗어나 "거꾸로 돌아가고" 있다고 했다. 그래도 높은 공중을 날아가니 지상과 달리 어느 정도 이상의 공간 가까이 온 듯한 느낌이 들었다. 환상에서지만 "세상 바로잡으려는 사람들을 따르는/군중이 구름 떼같이 몰리"는 장면을 보면서 꿈에서 깨어났다.

그는 꿈을 회상하며 "얼마나 간절했길래 새가 되어서/달라진 세상을 보았겠어요"라고 말했다. 이 장면을 통해 그가 가고 싶어 하는 이상적 공간의 모습을 조금 드러냈다. 그는 모든 일이 정상으로 돌아가는 올바른 세상을 보고 싶은 것이다. 세상이 거꾸로 돌기에 미지의 아름다움을 꿈꾸며 이상의 공간으로 가기를 희구한다. "마차가 말을 끌던" 비정상적인 시절은 지나갔지만, 아직도 마차가 삐걱거리는 온전치 못한 상태에 있음을 안타까워하며 세상의 바른 이치가 회복되기를 바란 것이다.

그가 그리움의 대상을 비교적 명확히 드러내는 경우는 고향과 혈육의 모습을 그리워할 때이다. 옛사람들의 모습을 떠올리며 그들에 대한 정겨운 친숙감과 그리움을 유감없이 드러낸다. 「시간여행」은 고향 마을로의 시간여행을 소재로 했다. 마음이 울적해 고향 마을을 찾았다고 했다. 이것은 몽상이 아니라 실제의 사실이고 그래서 눈길과 마음으로 직접 접촉한 내용이다. 실제의 상황인데도 "옛사람들이 타임머신을 탄 듯 다가"선다고 했다. 고향의 정경을 통해 과거의 시간이 현재의 상황으로 육박해 온 것이다.

어릴 때 아이들과 놀던 장면, 어머니와 외할아버지의

정겨운 손길이 어제 일처럼 떠오른다. 아름다운 장면만이 아니라 병환으로 집을 떠나시던 아버지의 모습, 몇 해 뒤 세상 뜨신 후 선산에 돌아오신 아버지의 운구와 그것을 보고 "넋 잃은 채 울부짖던 나"의 모습도 떠오른다. 이것은 고향에 가면 누구나 떠올리게 되는 혈육에 대한 그리움이다.

「옛사람들」은 현실 공간에 바탕을 둔 그리움이 아니라 몽상의 영역에서 이루어진 그리움의 전개다. 양지바른 창가에 앉아 잠깐 조는 사이에 간밤 꿈속에서 보았던 몇몇 옛사람을 옛 모습 그대로 다시 만났다고 감격스러워했다. 옛사람을 옛 모습 그대로 만났다는 이 사실이 중요하다. 30년 이상의 시간이 흘렀지만, 옛사람들은 옛날의 그 모습을 그대로 유지하고 있다. 기이한 일이지만 이 희유한 조우를 통해 시인은 환각의 중요성을 새롭게 부각했다. 옛사람이 옛 모습을 그대로 지닌 것은 "옛날로 돌아가고 싶은 이 마음 때문"이라는 사실이 중요하다. 그의 마음이 과거를 지향하기에 옛사람이 옛 모습 그대로 나타난 것이다.

시인은 몽상 속에서 자신을 스쳐 간 모든 인연을 다 떠올리며 그 만남의 의미를 반추하고자 한다. 좋은 인연이든 그렇지 못한 인연이든 그 사람들을 다 그리워하고 자기 정신의 울타리 안에 포용하려고 한다. 그 사람들에 대한 기억을 간직한 채 "이대로만 머물러 있고 싶다"고 고백한다. 여기 그의 진심이 나타난다. 그는 과거의 인연을 모두 소중히 여기며 기억 속에 남은 사람들을 다 소환하여 세상을 다시 살아보고 싶은 것이다. 참으로 아름다운 회감懷感이다.

에밀 슈타이거(Emil Staiger, 1908~1987)는 서정 양식의 본질을 회감(Erinnerung)으로 보았다. 회감이란 과거의 기억을 현재로 소환하여 내면화한다는 뜻이다. 그렇게 되면 서정시의 시간은 '영원한 현재'가 된다. 시인은 영원한 현재라는 서정의 시간 속에 과거의 추억을 불러들이고 그들과 하나가 되어 이대로 머물고 싶은 것이다. 과거와 미래의 시간을 통합하여 현재로 내재화하려는 욕망. 이것이 이태수 시인이 기획하는 꿈 꾸기의 본질이다.

2. 길의 모티프와 탐구의 자세

앞에서 이야기한 것처럼 이태수 시인은 어느 곳을 향해 늘 걷는다. 그의 시는 길의 모티프로 가득 차 있다. 길을 걷는 일은 우리 모두 하는 일이니까 어려운 행동이 아니다. 그런데 이태수 시인은 보이는 길이 아니라 보이지 않는 길, 일종의 미로를 걷고 있다. 그의 행로는 미로라고 시인은 여러 차례 말했다. 그는 오리무중의 길을 걷는다고 했다. 오리무중五里霧中이란 사방 오리가 전부 안개로 덮여서 방향이나 내용을 알 수 없다는 뜻이다.

보이지도 않고 들리지도 않는다면 보행을 포기하면 될 터인데 미지의 세계가 여전히 자신의 마음을 잡아끄니 걸음을 멈출 수 없다. 갈 수 없다는 안타까움이 그의 마음을 더 자극하고, 가고 싶어 하는 간절한 마음에 미지의 세계는 더 아득하게 느껴진다. 아무리 아득하더라도, 아무 소식도 들리지 않더라도 걸음을 멈출 수 없다. 인생은 어차피 미로를 걷는 것이다. 사실을 따져보면 지금까지 우리가 길을 미리 알고 걸어온 적은 없다. 전인미답前人未踏의 미로를 걸어온 것이 우리 인생이 아니었던가. 시인은 여전히 미로를 걷고 또 걸을 뿐이다.

시인은 이러한 미로를 걷는 것이 일종의 업보業報라고 생각한다. 날이 저물면 걷던 길이 저만큼 물러나고 날이 밝으면 또 길이 펼쳐진다. 해 진 다음의 시간은 명상과 자성의 시간이다. "날이 저물면 새들이 둥지에 들듯/집으로 돌아와 나를 한참 들여다봅니다"라고 했다. 아무리 자기를 찾아도 "나는 여전히 먼 데 있나 봅니다"

라고 했다.

많은 사람들이 이태수의 시에 대해 "자기반성과 성찰의 육성"(조창환), "자아의 참된 본질을 찾기 위한 모색과 탐구"(이진흥)를 언급한 것은 그의 실존 탐구가 보인 유구한 진지함을 거듭 확인한 것이다. 그러나 자아 탐구의 열의가 쉽게 충족되는 일은 없다. 자신의 실체를 찾아 사방을 헤매어도 본모습을 만나지 못하고 되돌아올 수밖에 없는 것이 운명이다. 그래서 시인은 이것을 업보라고 생각한 것이다.

그러나 시인은 이것을 멈출 수 없다. 내일도 모레도 지속되는 시간의 연속성 속에서 나를 찾는 미로의 탐색은 무한히 이어진다. 미로의 앞길이 보이지 않을 때는 "없는 길을 만들며 가기도"(『길과 나 4』) 한다. 길을 찾으려는 그의 노력은 세상의 순리를 새롭게 확인하는 단계에 이른다.

간밤에 눈이 내려 은빛 세상입니다
잠시라도 붙들어 앉히고 싶습니다
길들이 지워져 안 보이지만
바라보며 이대로 머물고 싶습니다
길들도 다 눌러 앉히면 좋겠습니다

간밤 꿈에는 지나온 길도

가고 있던 길도 거둬들이고 있었습니다

길이 남김없이 지워지고

나는 우두커니 서 있는 소나무였습니다

제자리에 서 있었습니다

햇빛이 다시 맨발로 뛰어내립니다

가면을 벗듯 세상은 느리지 않게

민얼굴을 드러내고 있지만

나는 은빛 세상을 붙들어 앉히며

그 안에서 갈 길을 찾고 싶습니다

―「길과 나 5」 전문

눈이 내리면 그나마 보이던 길도 보이지 않게 된다. 눈 위에서 새 길을 찾아야 한다. 이 시는 그러한 백지상태의 새 길 찾기를 주제로 내세웠다. 길이 사라진 눈벌판에서 시인은 어떻게 자신의 길을 찾을 것인가. 길은 사라졌지만, 눈 내린 은빛 세상이 아름답기는 하다. "잠시라도 붙들어 앉히고 싶습니다"라고 시인은 말했다. 들판을 바라보며 이대로 머물고 싶다고도 했고 길들도

다 눌러 앉히면 좋겠다고 했다.

그러나 시인은 순간의 아름다움에 빠져들 겨를이 없다. 순간의 아름다움은 덧없이 사라지는 유혹이다. 어떤 경우에도 그는 길을 찾아야 한다. 길 찾기와 길 위를 걷기는 그에게 주어진 숙명적 업보다. 그는 길을 걸어야 하는 필연의 존재자다. 시인은 길이 지워진 자리에 서 있는 소나무로 자신을 비유했다. 사람이 소나무가 될 수 있다면 행복할지 모른다. 눈과 어울리는 풍경을 이루며 그윽이 한세상 보내면 좋을 것이다. 그러나 사람이 어떻게 소나무가 될 것인가. 소나무가 되겠다면 시인은 일찍이 무정의 사물로 한세상을 잘 보냈을 것이다. 아름다운 풍경의 하나로 남을 수 있었을 것이다.

여기서 시인은 다음 장면을 보여주며 길 찾기의 의지를 조심스럽게 드러낸다. 햇빛이 비치면 눈이 녹고 서서히 세상은 제모습을 드러낸다. 그러니 눈으로 덮인 세상의 환한 모습은 실상이 아니라 순간의 가상이다. 시인은 그 변화를 이미 알고 있다. "나는 은빛 세상을 붙들어 앉히며/그 안에서 갈 길을 찾고 싶습니다"라고 말했다. 가능하다면 아름다운 은빛 세상을 유지하면서 그 안에서 길을 찾고 싶다는 뜻이다.

그러나 그것은 불가능한 일이다. 환한 은빛 세상은

지속성이 약한 가상의 공간일 뿐이다. 은빛 세상이 유지되든 어떻든 그가 하고자 하는 일은 길 찾기뿐이다. 어떻든 그는 길을 걸어 원하는 미지의 세계에 가야 그의 소명이 완성된다. 『장자』의 '소요유'에 나오는 무한 허공으로의 무한 도약, 무한 비상이 그의 지향이고 꿈이다.

「물의 길」은 나무를 통해 순리의 발견에 이르는 마음의 행로를 보여준다. 이 시의 장소는 강가의 계단이다. 시인은 강가에 서서 내려갈 길을 떠올리다 계단 앞에 이르러선 오르는 길을 찾는다. 계단에 올라 강물을 내려다보니 아래로 흐르는 물의 길이 보인다. 하늘을 향해 팔 뻗고 서 있는 강둑의 나무들도 물의 길을 들여다보고 있다. 나와 나무가 함께 강물을 내려다볼 때 얻게 되는 깨달음은 무엇인가. 나무는 하늘을 우러러 살고 있지만 강물은 끝없이 내려가는 모습만 보여준다.

세상에는 끝없이 내려가는 길의 모습이 있다는 것을, 세상에는 그런 순리가 있다는 사실을 강물이 우리에게 일깨워 준다. 그러니 하늘만 바라볼 것이 아니라 강물을 보고 끝없이 내려가는 길의 움직임도 배워야 한다. 나무는 하늘과 강을 종합한 중요한 가르침을 시인에게 전한다. "변함없이 제자리를 지키고 있으면서/하늘 우러러 물길을 따르는 게 도리"라는 가르침을 나무가 나직이 들려준다. 시인은 나무를 통해 새로운 길 찾기의 자세를 배운 것이다.

그는 「눈길」에서 자신의 마음을 다시 분명히 세워서 눈 위에 새 길을 찾아 걷겠다는 뜻을 밝혔다. 눈길을 걸으면 발자국들이 따라오다 지워진다. 뒤돌아보면 지나온 길이 지워지고 가려는 길도 지워져 보이지 않는다. 아침부터 내린 눈이 한나절이 지나니 지나온 길과 갈 길을 다 지워버렸다. 그렇게 모든 길이 사라졌지만, 시인은 여전히 "새길을 걷고 싶게 하는" 충동을 일으킨다. 길을 찾고 길을 걷는 것이 그의 숙명이요 업보라고 생각하기 때문이다.

시인의 태도는 매우 담백하다. "눈이 그치고 나서 지워진 길을 나서면/발자국들이 새길을 내면서 따라옵니다"라고 했다. 그에게 지워진 길은 없다. 사라진 길 위로 새로 걸으면 새길이 저절로 생기기 때문이다. 끝없는 길 찾음과 길 걸음의 순환적 반복, 그것을 위한 환각의 창조. 이것이 그의 최근 시 쓰기의 동력이다.

3. 고요의 가치와 깨달음의 상징

눈길의 표상과 강물의 표상이 시인에게 지혜의 문을 열어주었듯이 시인은 암자의 풍경風磬과 나무 물고기 모형을 통해 지혜의 탐색을 벌인다. 암자의 고요함은 시인의 마음을 끌기에 적합하다. 고요의 깊이가 고향 같은 아늑함을 안겨주고 미지의 세계로 가는 길을 열어주기 때문이다. '꽁지 마을'이 고향의 정경을 떠오르게 해서 친근하게 다가오듯이 암자의 모습도 고향과 같은 친숙감을 일으킨다.

그는 '꽁지 마을'의 이모저모에 관심을 기울이듯 암자의 풍경에 주의를 기울이고 그 의미를 성찰한다. 늦여름 오후, 더위가 한물간 솔숲 그늘에 멧새들 노랫소리가 들린다. 그 소리에 인근 암자 풍경 소리가 포개져 들린다. 시인은 그 소리에 귀를 기울인다. 멧새의 울음소리보다 풍경 소리를 통해 무언가 얻기를 원하기 때문이다. 시인은 귀를 열고 풍경 소리를 따라 암자 앞으로 느릿느릿 걸어간다. 암자에 이르러 풍경을 보고 풍경 끝에 매달린 물고기를 본다.

풍경이 울리고 풍경 추 아래의
물고기가 그 소리 따라 유영합니다

풍경 소리는 먼 옥빛 하늘 아래
넘실거리는 망망대해를 흔들어 깨우고
깨어 있는 물고기에게는
길을 열어주고 있습니다
절집의 처마는 바다의 한가운데이면서
세상 깨우는 요람입니다
깨어서도 잠을 자면서도
눈 뜨는 물고기는 깨우침의 화신인 듯
죽으면서도 눈을 감지 않습니다

풍경 소리에 물고기가 유영합니다
물고기는 깨침의 길을 엽니다
　　　　　　—「풍경風磬 물고기」 전문

　바람이 불어 풍경이 흔들리면 그 아래 매달린 물고기도 헤엄치듯 움직인다. 소리는 소리대로 나고 물고기는 물고기대로 움직이는데 보기에 따라서는 마치 물고기가 소리를 내는 것 같다. 여기서 시인의 상상이 펼쳐진다. 저 물고기를 보니 먼 망망대해에서 왔을 것 같다. 아니면 먼 망망대해로 가고자 하는지 모른다.

그런 점에서 물고기의 지향은 시인의 꿈과 겹친다. 시인이 풍경 끝 물고기에 관심을 가진 것은 물고기의 가고자 하는 소망을 상상했기 때문이다. 물고기를 자신의 분신으로 상상한 것이다. 시인의 상상 속에서 풍경 소리는 먼 옥빛 하늘 아래 넘실거리는 망망대해를 흔들어 깨우며 그곳으로 가고자 하는 물고기에게 길을 열어주고 있다. 길이 열리는 것은 시인도 간절히 바라는 바다. 어떻게 하면 망망대해로 가는 길이 열릴 수 있는가? 암자 추녀 밑의 풍경 끝 물고기가 망망대해로 이끈다면 절집의 처마가 바다 한가운데와 통할 수 있다. 그렇다면 처마는 세상을 깨우는 요람이 될 것이다.

풍경 끝의 물고기는 하루 종일 눈을 뜨고 있다. 잠을 자면서도 눈을 뜨고 있는 물고기는 깨달은 존재의 표상 같다. 어떻게 하면 구도의 자세가 잠까지 이어져 자면서도 눈을 감지 않는가. 세상의 인연을 다하여 추녀 끝에 매달려 있는데도 눈을 뜨고 있는 것일까? 그러한 불변의 항구적 내력을 시인도 본받고 싶다. 풍경 소리를 통해 풍경 끝 물고기가 바다와 통한다면, 풍경 소리가 울릴 때마다 물고기가 헤엄치는 처마 아래 이곳이 바로

망망대해가 된다. 물고기는 망망대해를 유유히 유영하며 깨침의 길을 열고 있다. 그렇게 보면 물고기는 참으로 깊은 선지식이요 자비 보살의 거룩한 형상이다. 시인은 그 행로를 본받고 싶은 것이다.

다음 시 「나무 물고기」 역시 유사한 주제를 드러냈다. 이 시는 풍경 끝의 물고기가 아니라 절집의 목어木魚를 대상으로 했다.

나무 물고기는 절집에 삽니다
바다가 아니라 허공에 매달려 삽니다
나무 물고기에게는 허공이 바다입니다

허공처럼 텅 빈 뱃속을
나무막대로 두들겨 맞으며 나아갑니다
맞아야 내는 그 소리가
퍼져나가면서 무명을 흔들어 깨웁니다
한결같이 눈을 뜬 채로

언제나 깨어 있으라고 나무 물고기는
세상을 배 울림으로 일깨워 줍니다
허공을 환히 밝히고 있습니다
　　　　　　　　　　　—「나무 물고기」 전문

이 시의 요체 역시 허공 바다를 헤엄치는 나무 물고기에 있다. 허공을 헤엄치는 나무 물고기가 신비로운 것이 아니라 허공에서도 유영하며 자신의 길을 가고 있다는 사실이 부럽다. 목어는 저절로 움직이는 일이 없고 두들겨야 소리가 난다. 그래서 시인은 "허공처럼 텅 빈 뱃속을/나무막대로 두들겨 맞으며 나아갑니다"라고 썼다. 두들겨 맞으면서도 자신의 길을 간다는 사실이 부럽고 그것을 본받고 싶다. 절집에서 목어를 두드리는 것은 천지의 깨닫지 못한 중생을 흔들어 깨우기 위함이라고 한다. 세속의 중생을 깨우는 목어 역시 늘 눈을 뜨고 있다.

시인의 관심사는 늘 깨어 있다는 점, 세상의 무명을 깨우는 일을 멈추지 않는다는 점, 자기 몸을 때려서 내는 소리로 세상의 허공을 환히 밝힌다는 점이다. 시인도 이처럼 자신의 길을 계속 걸어 세상을 위해 무언가를 하고 싶은 것이다. 여기에 길 찾기와 길 걸음의 의미가 있다. 그 의미를 명확히 제시하지 않는 것은 시인의 겸허함 때문이기도 하고 길의 의미를 분명히 깨우치지 못했기 때문이기도 하다. 어떠한 경우든 시인도 목어처럼 자신을 울려 세상을 밝히는 일을 하고 싶다. 풍경 물고기도 그렇고 나무 물고기도 그렇고 이 두 사물의 의미는 시인의 길 찾기와 밀접히 연결되어 있다.

이러한 염원의 지향은 돌탑을 소재로 한 「어떤 나툼」
으로 전환 표현된다. 시인은 돌탑의 돌에 자신의 염원,
보이지 않던 길, 목마르게 찾아 헤매던 그 무엇이 나타
난다고 조심스럽게 암시한다. 이 조심스러움은 시인의
겸허함에서 온다. 그래서 자신을 한껏 낮추어 "꿈결이
듯 헛보이듯이 나투어지고 있다"라고 했다. 그는 하심下
心의 수련을 거친 시인이다.

　마음의 변화를 포착한다는 점에서 「포쇄曝曬」는 깊이
음미해야 할 작품이다. '포쇄'란 젖거나 축축한 것을 바
람을 쐬고 볕에 말린다는 뜻이다. 장마가 끝나면 서고
에 있던 책을 밖으로 옮겨 습기를 없애는 작업을 한다.
시인은 책을 포쇄하듯이 "응달에 그대로 뒀던 마음을
햇살에 넌다"라고 했다. 이것은 참으로 유용한 일이다.
응달에 축축하게 젖었던 마음을 맑은 햇살에 말리면 마
음의 올과 결이 얼마나 부드러워지겠는가? 따스한 햇
볕, 눈부신 햇빛, 몇 자락 비단결 같은 바람이 다가와 마
음의 살결을 쓰다듬는 장면은 상상만으로도 아름답다.

　이렇게 마음을 햇살에 말릴 때 베란다 화분에 핀 빨
간 샐비어도 바람에 말릴 수 있다. 그 장면을 두고 시인
은 "햇빛과 햇볕과 햇살에 생기를 포개고 있다"라고 썼
다. 햇빛, 햇볕, 햇살의 차이를 감지하고 그 차이에 따라

꽃송이가 씻기는 장면, 바람이 마음의 결을 쓰다듬는 장면을 상상한 것이다. 햇빛이 비치고 햇볕에 쏘이고 햇살이 비추는 각각의 장면에 따라 붉은 꽃봉오리의 색감이 변하고 마음의 질감도 변할 것이다. 이것은 시인이 마음의 탐구에 섬세하게 임한다는 사실을 알려준다.

이제 시인은 육체의 발걸음을 좇는 길 찾기가 아니라 마음의 행로를 따르는 내면의 길 찾기를 행할 태세를 갖춘 것이다. 그래서 그의 마음이 남천처럼 붉어지기도 하고 단풍처럼 변하기도 하면서 꿈속의 미로를 걷게 된다.

그 보행의 과정은 순탄하지 않다. 덧없는 면벽의 나날을 보내는 것 같은 막막함이 시인의 마음을 어둡게 한다. 하루 몇 번씩 마음을 고쳐먹어도 "마음 강산의 속절없는 이 허방"에서 오는 허전함은 가시지 않는다. "벽을 마주하던 나도 그만 벽이" 돼버린 듯한 폐쇄감을 느끼기도 한다. 속절없는 면벽의 세월에서 오는 허전함, 허망함, 막막함은 시인에게 고통을 준다. 흘러가는 세월을 붙들어 염장鹽藏하고 싶지만, 염장되는 것은 세월이 아니라 허당뿐이다. 순간을 붙들어 염장하고 싶지만 그렇게 마음먹는 사이 그 순간은 지나가 버린다. 다시 마음을 바로잡으면 다른 순간이 다가온다. 끝없이 사라지는 순간들, 마음의 끝없이 이어지는 형상들.

「비 내리는 날」에서 비는 빗소리를 안고 내리고 물은 빗소리를 업고 흐른다. 비와 물은 흐름을 멈추지 않는다. 마음도 비 따라 내려가고 물 따라 흘러간다. 안 내려가려 해도 내려가고 안 흐르려고 해도 흘러간다. 내려가고 흘러가는 비와 강물에 잡다한 세상사를 모두 맡기려는 자세도 취해 본다. 그러나 그것은 묘안이 아니다. 어떻게 허무에 모든 것을 맡길 수 있겠는가? 이제 시인은 어디로 가야 하는가? 그러나 어느 순간에도 구원은 있다. 묘하게도 구원은 가을의 충만한 달밤의 정경에서 온다. 「달빛 소나타」의 음률을 따라 시인의 걸음이 율동감 있게 옮겨진다.

「달빛 소나타」에서 시인은 늦가을 이른 저녁 달빛 따라 걷는다고 했다. 풀벌레 소리가 따라오고 발치에는 나뭇잎들이 우수수 떨어진다. 쓸쓸하지만 아름다운 가을의 정경이다. 별들이 내려와 떠 있는 호수를 지나 달빛이 밝혀 주는 길로 들어선다. 이러한 행로에 대해 시인은 스스로 "쓸쓸하면서도 왠지 따스해진다"라고 썼다. 쓸쓸하면서도 아름답고 쓸쓸하면서도 따스한 이 감도야말로 시인을 허방의 염장에서 구원해 주는 정겨운 손길이다.

산모롱이를 돌아 한참 가다 보니 "달빛이 내려가는 길을 더 환히 비춘다"고 했다. 이제 그는 막막한 면벽의 세월에서 벗어날 수 있을 것이다. 달빛 소나타의 아름다운 음률을 좇아 그가 원하는 먼 곳, 홍방울새 날갯소리 울리는 그 이상의 공간으로 갈 수 있을 것이다. 발길을 돌려 다시 걸으니 풀벌레 소리가 따라오고 가까워지는 마을에 달빛이 환하다고 했다. 서광이 비친다. 여기 구원의 길이 있다.

그가 한번 이 아름다운 길의 광채에 접했으니 설사 또다시 허방의 궁지에 부딪는다 해도 쓸쓸하면서도 따스한 촉감의 기억이 본능의 힘을 이끌어 달빛 소나타의 길로 다시 돌아오게 할 것이라고 믿는다. 77세를 한자漢字 모양을 응용하여 희수喜壽라고 하는데 희수에는 기쁠 희喜 자가 들어간다.

희수를 맞는 이태수 시인의 앞길에 달빛 소나타의 은은한 광채가 널리 퍼지기를 소망한다. 그 환한 빛은 그의 시의 앞길을 비추는 것만이 아니고 한국 시의 길을 비추는 것이기도 하다. 그가 펼쳐온 시력詩歷 50년, 21권 시집의 온축은 한국 시의 역사이기도 하다. 50년 창작의 공력을 발판으로 그의 시가 또 다른 경작의 길로 힘차게 나아가기를 소망한다. 이 발원은 나의 소망이자 시인의 소망이고 한국 시단의 소망이기도 할 것이다.

이 태 수 시인

1947년 경북 의성에서 출생, 1974년《현대문학》을 통해 등단했다. 시집『그림자의 그늘』(1979, 심상사),『-우울한 비상의 꿈』(1982, 문학과지성사),『물속의 푸른 방』(1986, 문학과지성사),『안 보이는 너의 손바닥 위에』(1990, 문학과지성사),『꿈속의 사닥다리』(1993, 문학과지성사),『그의 집은 둥글다』(1995, 문학과지성사),『안동 시편』(1997, 문학과지성사),『내 마음의 풍란』(1999, 문학과지성사),『이슬방울 또는 얼음꽃』(2004, 문학과지성사),『회화나무 그늘』(2008, 문학과지성사),『침묵의 푸른 이랑』(2012, 민음사),『침묵의 결』(2014, 문학과지성사),『따뜻한 적막』(2016, 문학세계사),『거울이 나를 본다』(2018, 문학세계사),『내가 나에게』(2019, 문학세계사),『유리창 이쪽』(2020, 문학세계사),『꿈꾸는 나라로』(2021, 문학세계사),『담박하게 정갈하게』(2022, 문학세계사),『나를 찾아가다』(2022, 문학세계사),『유리벽 안팎』(2023, 문학세계사), 시선집『먼 불빛』(2018, 문학세계사), 시선집 2『잠깐 꾸는 꿈같이』(2024, 그루), 육필시집『유등 연지』(2012, 지식을 만드는 지식), 시론집『여성시의 표정』(2016, 그루),『대구 현대시의 지형도』(2016, 만인사),『성찰과 동경』(2017, 그루),『응시와 관조』(2019, 그루),『현실과 초월』(2021, 그루),『예지와 관용』(2024, 그루) 등을 냈다. 대구시문화상(1986), 동서문학상(1996), 한국가톨릭문학상(2000), 천상병시문학상(2005), 대구예술대상(2008), 상화시인상(2020), 한국시인협회상(2021) 등을 수상했으며, 매일신문 논설주간, 대구한의대 겸임교수, 대구시인협회 회장, 한국신문방송편집인협회 부회장 등을 지냈다.

먼 여로
이태수 시집

발행일
초판 1쇄   2024년 4월 20일
   2쇄   2024년 12월 31일

지은이   ● 이태수
펴낸이   ● 김종해
펴낸곳   ● 문학세계사
출판등록   ● 1979. 5. 16. 제21-108호

주소   ● 서울시 마포구 신수로 59-1(04087)
대표전화   ● 02-702-1800
팩스   ● 02-702-0084
이메일   ● munse_books@naver.com
홈페이지   ● www.msp21.co.kr

ISBN 979-11-93001-45-5   03810
ⓒ 이태수, 문학세계사